पिता

(साझा काव्य संग्रह)

संपादकः

लाल चंद्र यादव, आरती प्रियदर्शिनी, अजय जैन विकल्प

दिल्ली-110089, (भारत)

संस्करण : 2020
ISBN : 978-81-943471-6-3

प्रखर गूँज पब्लिकेशन
एच-3/2, सेक्टर-18, रोहिणी, दिल्ली-110089
दूरभाष : **7982710571, 7838505899, 011-27851059**

प्रथम संस्करण : 2020

पिता (साझा काव्य संग्रह)

By Lal Chandra Yadav, Artee Priyadarshni, Ajay Jain 'Vikalp'

Published by
PRAKHAR GOONJ PUBLICATION
Delhi-110089
E-mail : prakhargoonj@gmail.com
        sinha.neelu123@gmail.com
Ph. : 011-27851059, 7982710571, 7838505899

क्रम तालिका

पूर्णिमा शांडिल्या डांग

पिता का स्नेह उतना ही खास
जितना माँ की गोद का एहसास

पिता ठोस स्तंभ एक परिवार का
आधार सुरक्षा, ज़िम्मेदारी, प्यार का

चाहे फिर पिता मिजाज़ से नर्म या कठोर
लाड़ की दौलत से लैस दिल के सब छोर

मैंने अपने पिता को संतुलित जाना
पाया प्यार और डांट का भी खज़ाना

वक्त ने फिर बेवक्त लिया यूँ फैसला
साथ अपने लिए उन्हें हमसे दूर कर चला!

दिन-महीने गुज़रे, बीत चले साल
मगर आज तक उस अधूरेपन का मलाल!

दूर होकर भी वो महसूस हों आस-पास
मैं परछाई उनकी, मेरी आवाज़ उनका एहसास

मेरे संगीत में मां-पिता की जीवंत याद!
बीता वो वक्त फिर से जीने की फरियाद!

खैर!....उनके कुछ ख्वाब अब मैं जीती हूँ
हर पल ये फ़क्र मुझे मैं उनकी बेटी हूँ

तमाम यादों की चादर ओढ़ बढ़ती चल रही
अब कुछ अपनी माँ, कुछ पिता जैसी ढल रही

राम अवतार पाल

पिता जी आप तो भगवान से बढ़कर मुझे लागे
हमारी परवरिश के वास्ते तुम रात दिन जागे

बड़े अरमान दिल में थे तुम्हें दुनिया दिखाऊं मैं
तुम्हारी जिन्दगी में फूल बनकर महक जाऊं मैं
मगर किस्मत हमारी को नहीं मंजूर था यह सब
मुझे अफसोस इसका जिन्दगी भर ही रहेगा अब
हमेशा के लिए टूटे हमारे प्रेम के धागे
पिता जी आप ....

हमारी ख्वाहिशों को तुम हमेशा पूर्ण करते थे
नहीं ढाये सितम कोई बुरी नजरों से डरते थे
हमारे ख्वाब महकाये जहान में दी हमें खुशियाँ
मगर तुमको न दे पाये हमें जो तुम दिये खुशियाँ
चली किसकी बताओ तो यहाँ तकदीर के आगे
पिता जी आप ....

हकीकत इस जमाने की हमें तुमने दिखाई थी
तुम्हारे प्यार ने ही तो मुहब्बत यह सिखाई थी
हमारे प्यार को अपना सफर तुमने बना करके

जमाने से अलग हठकर अनोखी रीति लाकर के
समर्पण कर दिया सब कुछ पिता जी फ़र्ज के आगे
पिता जी आप ....

पिता

लक्ष्मी मित्तल

'पापा! आप हो दुनिया के बेस्ट पापा'

हे जग-रचयिता! तुम्हें शत-शत नमन
तुमने, पिता-बेटी का इतना खूबसूरत रिश्ता बनाया है,
'मेरे पापा' को दुनिया के बैस्ट पापा और मुझे
उनकी बेटी रूप में, धरा पर जन्माया है।।

जी पापा, आप हो दुनिया के बेस्ट पापा, कैसे यह कृलम आपका गुणगान करे,
प्यार का अथाह सागर हो आप, हर बूँद आपके संघर्षों का बखान करे।

आपकी मेहनत, आपकी लगन ने पापा, हमको असीमित सिखाया है,
हार में भी हार नहीं जाना, गिरने पर खुद ही उठना, चलना बताया है।

एक बेटा, चार बेटियों के पापा, मगर, हर बेटी ने बेटे सा प्यार पाया है,
दुनिया के शूल सम ताने सहकर भी, हम में अटूट विश्वास बनाया है।

बाहर से सख्त, अंदर से नरम होते पापा, मगर आपने सिर्फ़ नर्म व्यवहार दर्शाया है,
सिर्फ़ प्यार और प्यार से ही पाला हमको, डांट-डपट का नामोनिशां नहीं बनाया है।

पिता

जब कभी हम उलझन में उलझे, आपने हर उलझन को सहजता से सुलझाया है,
जीवन में 'मीठी वाणी' का महत्व, हर वक्त, हर घड़ी आपने ही तो बताया है।

हमारी खुशियों की ख़ातिर आपने, हर परेशानी को हसकर गले लगाया है;
हम पर शीतल छत्रछाया कर, ख़ुद को, चिलचिलाती धूप में तपाया है।

खुद की चोट पर उफ़्फ़ नहीं की, हमारी हर चोट पर, जी आपका घबराया है;
आपको जीवन में पाकर पापा, मम्मी ने भी खुद को, खुशकिस्मत बताया है।

हर पल, हर क्षण हमारे लिए चाहा, खुद अपने लिए कुछ नहीं चाहा है;
रात-रात भर तनाव में जागे, दिन-भर बस मुस्कराहट को अपनाया है।

हर जन्मदिन, हर त्योहार पर पापा, सबसे खुश आपको ही पाया है;
बच्चों संग बच्चे बन हसते, उस हसी में दुख दर्द छिपाया है।

कैसे आपके हाथों की चाय भुला दूँ, जिसने सुबह-सुबह किताबों का संग बनाया है;
ये आप दोनों के संस्कार हैं पापा, जिसने आज हमको अच्छा-इंसान बनाया है।

आपके व्यक्तित्व की गहराई मापें, ऐसे अल्फ़ाज़ कहाँ से लाऊँ;
मेरे जीवन की एक यही आरज़ू, हर जनम मैं, तुम्हारी ही बिटिया बन आऊँ।

नूतन योगेश सक्सेना

पिता....... एक भाव, एक प्रभाव

जैसे जीवन की कड़ी धूप में एक घना पेड़ हो पास

जैसे गहन मरुस्थल में मीठे झरने का एहसास

पिता का हाथ रहता है सर पर जब तक

महफूज रहता है, हर बच्चा तब तक।

पिता होता है, तो घर की छत होती है

वरना तो सिर्फ चार-दीवारी ही बचती है।

पिता है तो बच्चे की आँख का हर सपना है साकार

पूरी दुनिया है उसकी, और बाँहो में है सारा संसार।

पिता है तो जिंदगी की हर मुश्किल है आसान

बच्चे के हर एक सपने को मिलती है हौसलों की उड़ान।

पिता है जिम्मेदारी का दूसरा नाम

वो है तो घर में हैं खुशियाँ तमाम।

हर शाम मिलने वाली मिठाई है पिता

हर बेटे का हीरो और हर बेटी का पहला प्यार है पिता।

पूछो उससे....जिसका पिता नहीं होता

उन्हीं में से कोई, कहीं बन करके 'छोटू'

चाय के झूठे प्याले है धोता
सोचा है कभी.... क्यों बरबस
'बाप रे' होठों से पड़ता है निकल
हो जीवन में जब कोई मुश्किल बड़ी और मन हो विकल।
क्योंकि खड़ा होता है पिता...हर तकलीफ, हर मुश्किल में बन करके ढाल
और लाता है अपने बच्चे को सकुशल निकाल।
माँ तो रखती है बच्चे को नौ माह, अपने तन में
पर पिता रखता है ता--उम्र उसे जहन में।
सच तो ये है कि जीवन का सार है पिता.....जीवन का सार है पिता।।।

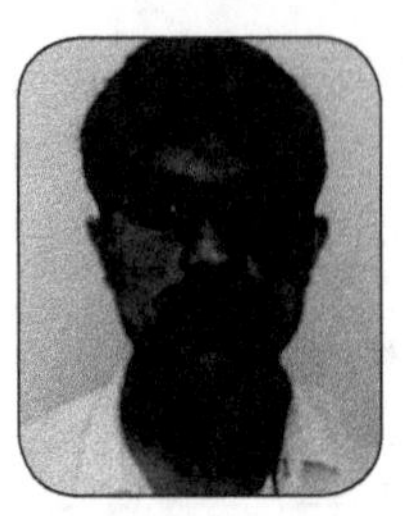

कवि पंकज शास्त्री

जो समस्या नहीं समाधान है
हर परिवार की वह जान है।
अपनों के लिए जीता-मरता है
मेरा पिता मेरी पहचान है।।
तपती धूप को सखी बनाया
परिवार की खुशी में जीवन लगाया।
लाखों दुःखों को सहता रहा अकेले
कभी नहीं अपना दुःख बताया।।
जिसकी सहनशीलता और त्याग से
यह संसार पुष्पित होता है।
परिवार में खुशी बरसाने वाला
हर पिता महान होता है।।
उसके शब्द कठोर हो सकते हैं
आशीर्वाद में कंजूसी नहीं होती।
कोई पुत्र कितना भी बड़ा क्यों न हो
पिता के बिना ज़िन्दगी पूरी नहीं होती।।
पितृदेवो भव के मन्त्र को
जपता जो दिन-रात है।
दुश्मन उसे मार न सके
भगवान उसके साथ है।।

पुष्पा श्रीवास्तव

"पापा आप बरगद की,
शीतल छाया।
आपके सिवा मन को,
ना कोई भाया।
आप हो जीवन दायक,
आप ही से है पहचान मेरी।
आप ही सपनों को पूरा करते,
आप ही हो जान मेरी।

पापा...

आप ही से है उम्मीदें,
आप ही से होती आस पूरी।
आप ही पे है विश्वास,
आप ही हो हिम्मत सारी।

पापा...

आप ही से है बचपन के,
सारे खिलौने, कहानियाँ।
आप ने ही किये हैं दूर,
सारे संघर्ष, परेशानियाँ।

पापा...

आपकी छत्रछाया में पाया,

पिता

सुख भरा जीवन सारा।

हाथ रहे हमारे सर पर,

मिलता रहे प्यार सारा।

पापा...कोई भाया।

शाहाना परवीन

जीवन में जब कभी थक जाती हूँ,
तो लगता है पापा आप मेरे साथ हो।
मायूसी छा जाती है जब कभी मन में,
महसूस होता है पापा आप मेरे पास हो।
क्यों चले जाते हैं हमारे हमें अकेला छोड़कर,
जाकर भी जो कभी नहीं लौट पाते,
आस-पास मानो आप एक आस हो।
आईने में देखती हूँ खुद को जब मैं,
आपकी सूरत ही नज़र आती है ,
घर के कोने-कोने में पापा आप गुनगुनाते हो।
और बड़ी हो जाती हैं यादें,
जब बातों का सिलसिला चलता है,
बातें और यादें साथ-साथ घर महकाती हैं,
पापा लगता है आप अंधेरे में रोशनी देता चिराग हो।
लौट आओ पापा दिल करता है मिलने का बहुत,
जीवन के हर सपने में पापा आप ही आप हो।
हर बात आपकी याद है, मीठी मीठी डाँट आपकी याद है
ना भूली हूँ ना भूलना चाहती हूँ,
हर जनम में बनू आपकी बेटी मैं,
लौट आओ पापा आप मेरा जहान हो।
लौट आओ पापा आप मेरा आत्मविश्वास हो।।

डॉली सिंह

सर्वप्रथम हे जन्मदाता शत-शत मेरा प्रणाम
जिन आदर्शों से मिला जीवन को आयाम
वो पिता हैं हमारे।।
बचपन में गिरने से जिसने सम्भाला
मुश्किलों से हमेशा हमें है निकाला
वो पिता हैं हमारे।।
तपन थी या ठिठुरन कभी न जताया
बड़े कष्ट सहकर है साधन जुटाया
वो पिता हैं हमारे।।
थोड़े से पैसों में खुशियाँ ढेर सारी
जिद भी हमारी जिन्हें लगती प्यारी
वो पिता हैं हमारे।।
मनचाहे हर खिलौने मेरे थे अपने
स्वयं के तो उनके न ख्वाहिश, न सपने
वो पिता हैं हमारे।।
त्याग की ही सदा प्रतिमूर्ति है पाया
बनी रहे आशीष की हम पर निर्मल छाया
वो पिता हैं हमारे।।
भविष्य के हमारे रहे हैं जो दृष्टा
वो पास हैं हमारे, वो विश्वास हैं हमारे
वो पिता हैं हमारे।।

दीपिका मावर

परिवार की आप नींव हो पापा

परिवार की आप नींव हो पापा

जीवन के हर पल नई सीख हो पापा

दिवाली के दिन घर का प्रकाश हो पापा

होली के दिन गुलाल की चमक हो पापा

राखी के दिन बुआजी के लिये अत्यन्त प्रिय हो पापा

जन्मदिन के दिन मेरे जीवन की उमंग हो पापा

परीक्षा के दिनों में मेरे लिये जोश हो पापा

कठिनाई के पलों में हमारे लिये सहारा हो पापा

बारिश की बूंदों में ओस की बूंदों की चमक हो पापा

ग्रीष्म ऋतु में आम के रस की तरह जीवन की मिठास हो पापा

तीज त्यौहार और करवाचौथ के दिन मम्मी के प्रिय हो पापा

आपका प्यार ही है जिससे मैं इतनी होनहार हूँ पापा

हमेशा खुश रहें आप जीवन में कोई दुःख ना आये पापा

जीवन के हर लम्हें में आप मुस्कुराएं पापा

मेरी तरफ से जीवन में आपको कोई दुःख ना आए पापा

परिवार की आप नींव हो पापा

जीवन के हर पल नई सीख हो पापा

दुनिया में केवल पिता ही एक ऐसा इंसान है जो चाहता है कि मेरे बच्चे
मुझसे भी ज्यादा कामयाब हो।

बच्चे के जन्म के बाद जो केवल उन्हीं की खुशी के लिये जीता है। दुनिया
में ऐसे होते हैं हमारे पिता।

पिता

रेखा बोरा

पा कितने कठोर थे आप, आपके ऑफिस से आते ही
मैं दुबक जाती थी.. अपने कमरे में
न चाहते हुए भी बहाना करती पढ़ने का
कुछ देर बाद आप आते एक टॉफी देकर मेरे सिर पर हाथ रखकर चले
जाते आप कुछ कहते नहीं थे पर कह जाता था आपका स्पर्श बहुत कुछ
वह कठोर हाथ.. आज
एक छतरी की तरह फैला हुआ है मेरे सिर पर
जो बचाता है मुझे तकलीफ़ों की धूप और ग़मों की नीर भरी बदली से
आज याद आता है ..
आपके साथ दशहरे का मेला देखने जाना..
भीड़ में आपके कंधों पर बैठकर
जलते हुए रावण के पुतले को देखना..
आपका आइसक्रीम और बुढ़िया के बाल खिलाना, गुड़िया दिलाना
आज जान पायी हूँ पा
आपके नारियल से कठोर स्वभाव के पीछे छिपे नारियल की मुलायम गिरि
से हृदय को
जिसमें मीठे नारियल पानी सा स्नेह का सोता बहता था..
आज आप नहीं हो पा
पर आपके दिखाये रास्ते पर चलकर हासिल कर रही हूँ मुकाम अपना..
आपका आशीष.. कवच बन

मेरे इर्द-गिर्द एक घेरा सा बनाये हुए है.
इस कवच को कोई नहीं भेद पायेगा
हाँ कोई नहीं भेद पायेगा..

राजेन्द्र प्रसाद पाण्डेय

पिता विटप के जैसे जग में,
परोपकार रत रहता है।
बड़े-बड़े संकट को सहकर,
आपूर्ति खुशी की करता है।
पतझड़ में भी कायम संयम,
विवेक सदा वह रखता है।
सहज भाव से फिर वैसे ही,
सृजन कार्य में लगता है।
जब भी संतति संकट आए,
संकट मोचक बनता है।
जीवन में सद्गुण से संतति,
आलोकित वह करता है।
जन्म हुए तो वह हर्षाए,
दुःख में दुखी भी होता है।
अक्षर-अक्षर ज्ञान कराकर,
पारांगत वह करता है।
जीवन भर अपने संतति की,
छाया बनकर रहता है।
दोष नहीं संतति में दिखता,
दोष उलाहना लगता है।

रश्मि लता मिश्रा

नहीं वो अब जहाँ में, पर मेरे साथ हैं।

आखिर इस धरा पर, वही मेरे आगाज हैं।

श्रेय उन्हें ही है, अपने स्नेह, शिक्षा व संस्कारो से मुझे सींचने का।

उपदेश यही था, सोचो हमेशा अपने से कमजोरों के बारे में,

कभी नहीं पाओगे स्व को, असन्तुष्टि के अंधियारों में।

मिल-बाँट कर खाने का महत्व

उपदेशों नहीं कर्तव्य से सिखाया।

परोपकार का बीज आपने ही मन-मंदिर में उगाया।

फिक्र हमेशा यही रही,

बेटी आज अपनी कल पराई हो जाये।

दुलार, जतन में कमी न रह जाये।

आगे न जाने कैसी परस्थिति आये?

फिर भी परिस्थितियों से जूझने का, मार्ग भी सुझाया।

ऐसे पिता पर गर्व सदा मुझे वो

सदा ही मेरे अन्तस समाया।

जमीला खातून

हिमालय सा खड़ा हो धूप में
सर्दी व पानी में।
उस शख्श को हम सब पिता
कह कर बुलाते हैं।।
ऊँगली थाम कर चलना सिखाता
है हमें वो ही।
कभी घोड़ा बन कर पीठ पर
हमको बिठाते हैं।।
करते हैं हमारी हर खुशी पूरी
अपने अधूरे सपनों को मारकर।
सन्तान की खातिर कुछ भी
कर गुजरते हैं।।
फीस भरने को मिन्नतें करते हैं साहब से
बर्थ डे और त्यौहारों पर ओवर टाइम करते हैं।।
अपमान का घूंट पीकर भी
घर आकर मुस्कराते हैं।।
कोई दर्द पानी बन कर
आँखों में न आ जाये।
मजबूरी छिपाने को कलेजा
पत्थर बनाते हैं।।

इस वट वृक्ष की छाया जब तक
हमारे साथ रहती है।
हम बेफ़िक्र हो कर तभी तक
जीवन बिताते हैं।।
कभी इनकी उपेक्षा और अपमान
मत करना।
बहुत तकलीफ होती है जब
हमें ये छोड़ जाते हैं।।

भावना 'मिलन' अरोरा

तुम नहीं आज फिर भी, हो तुम यहीं,
मेरे शब्दों.....भावों की बन रोशनी।
हाँ महसूस आज भी है मुझे.....
जब कांधे पे थे... झुलाते मुझे,
कह आटे की बोरी हंसाते मुझे,
किताबों पे मेरी जिल्त बनाना,
जीवन का सच्चा पाठ पढ़ाना।
वो साइकिल पे मुझको सैर कराना,
उठाकर मुझे यूँ गोल घुमाना,
हाँ महसूस आज भी हो मुझे.....

बेटों सा तुमने.... प्यार लुटाया
खुद खाने से पहले मुझे था खिलाया,
सादे कपड़ों में अपना जीवन बिताकर,
हमें आज ऊँचा तुमने उठाया....
कैसे शब्दों में बांधू मैं इस प्यार को,
एक पिता बन तुमने जो मुझ पे लुटाया..........
हाँ महसूस आज भी हो मुझे.....
मेरी पहचान में हाँ मेरी शान में,
ज़िंदगी के मुश्किल तूफान में,

तुम हो मेरे गिरते कदमों संग,
जब भी कंटक भरे या निराशा के क्षण,
ठंडा झोंका सा बन छाते हो तुम,
बंद पलकों में सिर सहलाते हो तुम।
एक मीठी सी लोरी सुनाते मुझे,
हाँ महसूस आज भी हो मुझे.....

मनोज 'मनु' (मनोज कुमार झा)

घर का सूरज चमक रहा है, माँ के सुहाग की लाली में,
अपनी थकान वह मिटा रहा है, बच्चों की किलकारी में।
पिता बदौलत घर में रौनक, शक्ति संचरित है घर में,
जीवन-पथ सबका सुखमय हो, रहते इसकी तैयारी में।
माँ को भी किंचित कष्ट न हो, हममें से कोई रुष्ट न हो,
क्या जतन करें गुनते रहते इस प्यारी-सी फुलवारी में।
दिन-दिन दूर रहें वो घर से, त्याग-तपस्या-लीन हों जैसे,
कृपा-पुष्प नियति की बरसे, श्रमरत जिम्मेदारी में।
ऊपर सख्त, नरम हैं दिल से, मोम-रूप पत्थर हों जैसे,
कभी घूरते, कभी डपटते, लेते अपयश बेगारी में।
श्रेय कभी न खुद को देते, 'कर्म है पूजा' सबको कहते,
जननी-जन्मभूमि पूजित हो, मन-मंदिर मनहारी में।
सर्जक, संबल, सम्मान पिता, ज्ञान पिता, मुस्कान पिता,
साथ पिता का छूटे जिनके, जीते हैं लाचारी में।
प्यार पिता, सत्कार पिता, सपनों का अजब संसार पिता,
सिर पे हाथ पिता का होना अद्भुत जीत हमारी है।
निर्माण पिता, अहसान पिता, नित-नित इक अभियान पिता,
जंगम-जीवन-प्रतिरूप पिता से दुनिया कितनी न्यारी है!
राग पिता है, साज पिता, आवाज पिता, परवाज पिता,

पोषक-पालक रूप पिता में परमपिता अवतारी है।
निज इच्छापूर्ति-हीन पिता, दिखते न मगर गमगीन पिता,
उड़ते परिंदे आसमान में, छवि पे वो बलिहारी हैं।

अशोक कुमार वर्मा

श्री गंगा जी में कमर तक जल में डूबे

लिए कुष और तिल हाथ में

तर्पन करता हुआ मैं अपलक देखता हूँ

आशीर्वाद की मुद्रा में आप के उठे हाथों को

जी हाँ, पिता जी, कितने दयालु हैं आप, कितने धैर्यवान

पत्थर पर रस्सी के आने जाने से पड़ने वाले निशान की प्रतीक्षा की मानिंद

ओह, 'आउट डेटेड' आप नहीं, नालायक, नासमझ हम ही थे पिता जी

कितने शांत स्वर में समझाया था हमेशा

शेर की खाल ओढ़ लेने से गीदड़ शेर नहीं बन जाता है

शेर बनने के लिए शेर का पुरुषार्थ जरूरी होता है

सचमुच पिता जी, आप सही थे

मैंने पैदा किया शेर का पुरुषार्थ, पिता जी

काश! आप इसके साक्षी होते

आप की बगिया में सुंदर फूल खिले हैं, पिता जी

खुशबू दिगदिगन्त फैल रहे हैं, भौंरे गुनगुना रहे हैं

छोड़ कर अचानक जिस तरह चले गए आप

हम तो टूट से गए थे पिता जी

लेकिन मृत्यु शय्या पर पकड़कर हाथ

वह स्नेह और आशीर्वाद

हर पल हर जगह, जुटा रहा कर्म पथ पर

सहारा बना रहा आप का कर्म योग का सिद्धांत
अगर पुनर्जन्म मनुज योनि में हो तो पुत्र आप का ही बनूं
प्रायश्चित कर सकूँ अपने पापों का
आप को शांति और हमें आप आशीर्वाद से यूँ ही नवाजते रहें
परमपिता से यह भी गुजारिश है हमारी
ओम शांति- ओम शांति- ओम शांति

सुषमा ठाकुर

प्राण और जीवन के बीच की
कड़ी है साँस।
साँस की इसी कड़ी से
सजी हैं तेरी यादें,
और तुमसे जुड़े हर अहसास।

अपनी पहली साँस के साथ
तुम्हें था पाया,
मैं तेरी आत्मजा,
और तुम थे- मेरे जीवन में
बरगद की शीतल छाया।

बचपन थे तुम मेरा,
तुम से ही था- मेरा बचपना।
मेरी ख्वाहिशें ही तेरी मंज़िल,
मेरी सफलता को जीते थे तुम,
मेरी मुस्कान ही-तेरा सपना।

जीवन की बगिया में
लता-वल्लरी मैं,
तुम थे तरु- मेरा सहारा।

जीवन के थपेड़े घनेरे,
हर बार लगाते तुम ही किनारा।

साँस की वही
एक कड़ी है टूटी,
लगता है जैसे सारी दुनिया रूठी।
वात्सल्य भरी छाया में
मुझको राहत देगा कौन?

जीवन में अब भी
झंझावात हैं संघर्षों के,
नैया मेरी पार लगाएगा कौन?
होंगे कभी जब रास्ते अंधेरे,
सन्मार्ग अब दिखाएगा कौन?

जीवन की बगिया है,
अब भी हैं उसमें
अनेक सुगंधित कुसुम;
लेकिन तेरी वल्लरी को
तरु-रूप संबल अब देगा कौन?

जीवन का मेला है,
अन्तः करण में मेरे
प्रश्नों का रेला है।
क्यूँ हो तुग यूँ गौन?
सिर्फ इतना बता दो
मेरे इन अनुत्तरित प्रश्नों का
अब उत्तर देगा कौन?

पिता

साक्षी सक्सेना

पिता एक शब्द मात्र सा
कौन समझे अवलोकन की लालसा
मेरे आज में क्यों विलुप्त सा
जो टूटता रहा घराना
फिर भी न लौटने की आस
यूं तिनके सी बिखरी श्रृंगारिका (पत्नी)
क्या दूँ गवाही समय की अंजसा
इक पहर वो नादान सुकन्या
जो इस पल विवाहिता(बेटी)
बिलखती बूढ़ी असहाय (माँ)
कैसे घरौंदा बिन पिता बस जाए
ज्यों दरिंदगी की पिता से
क्षण भर में कैसे भूल जाए
वो विवशता की चीखें होंगी
चिंगारी आज भी दफन नहीं
मलाल जिंदगी भर का
सुरक्षा में तेरी खड़ी नहीं
तू है शब्द
हे पिता, तेरे बिना अर्थ कुछ भी नहीं।

दीपमाला पांडेय

माँ की तरह आपका भी ऊंचा स्थान है
पापा आप से ही तो मेरा स्वाभिमान है…
मानती हूं माँ ने जन्म दिया
पर जीना आपने सिखाया
लड़खड़ाते पैरों को संभाल
उंगली पकड़ चलना सिखाया…
माँ तो सब पूरी करती मेरी आशाएं
दिन भर खयाल मेरा करती
पर मैं शाम को इंतजार आपका ही करती
आप साथ चलते तो खिलौनों का
पूरा बाजार अपना लगता था…
माँ ने मुझको बताया था
जब पहला टीका मुझको लगाया था
मैं उह उह कर कराहती
और आपकी आंख भर आती…
बुखार तो मुझको होता
पर व्याकुल आप का मन होता
जब पहली बार पढ़ने बाहर गई
माँ को समझाते समझाते
आपकी आंखें नम हो गईं…

पिता

हर पल मेरे उज्जवल भविष्य के लिए
दिन रात मेहनत किया
जब मेरी बारी आई
कन्यादान कर दूसरे को सौंप दिया...
आज लिखते लिखते मेरी आंख भर गईं
कई यादों की धाराएं बह गईं
आज भी होता नहीं विश्वास
आप नहीं हो मेरे पास।

शशि कला मूंदड़ा

अभिनयी पिता

तपती गर्मी, घोघर बारिश
कड़कती सर्दी, क्षमता सहने की
निशानी पिता होने की

पुत्र जिसका मान, पुत्री जिसका अभिमान सलाहकार बन, अपने
ही अंश का दान निशानी पिता होने की।

अंगूठा बिना बेकार हाथ
उनके बिना परिवार अनाथ
निशानी पिता होने की।
गरम सूरज की तरह, बोली नीम की तरह
उजाला भी उन्हीं से, छाया भी उन्हीं से
निशानी पिता होने की

खनकती चूड़ियां, तेजस्वी ललाट
महकता श्रृंगार, प्रफुल्लित जननी
निशानी पिता होने की
फूलों की दुकान पर हार, अपने अंश के आगे हार

पिता

आधार कार्ड बन, पहचान बताएं बच्चों का विजिटिंग कार्ड
निशानी पिता होने की।
सृष्टि निर्माण अभिव्यक्ति, परिवार का सुरक्षा कवच
स्वयं की इच्छा का हनन परिवार का कल्पवृक्ष
निशानी पिता होने की
तन से श्रीफल, मन से कांच महल
उजाला फैलाए बाती की तरह जल
निशानी पिता होने की।

शुभी गुप्ता

मेरा मान, अभिमान, स्वाभिमान है मेरे पिता

घर की आन बान शान है बनाई

घर की हर ईंट की जगह सिर अपना है लगाया

हर मुसीबत से लड़ना है सिखाया

दिल अगर माँ है घर का तो, दिमाग है पिता

हर तूफान में पतवार बन कर साथ खड़े हैं

घर के एक एक निवाले के लिए बीमारी में भी उठ खड़े होते हैं

हर परिस्थिति में फर्ज सारे है निभाएं

जीवन का हर कर्ज हैं चुकाते

माँ की डाट से भी बचाते

साया बन कर हमेशा साथ खड़े होते हैं

अपने से आगे हमें बढ़ता देखना चहाते हैं

खुद फटे कपड़े पहन नए हमें दिलाते हैं

सूखी रोटी खा कर चुपड़ी रोटी हमें खिलाते हैं

हर गलती पर डाट, फिर दोस्त की तरह समझते हैं

गलत राह पर जब भी हम जाते कान पकड़ के हमें वापस लाते हैं

चोट लगने पर रोती है माँ, दर्द अपना छिपाते हैं

बहुत नसीब वाले होते है वो लोग जिनके सिर पर पिता का हाथ हमेशा

होता है रब का रूप हैं पिता

मनोज कान्हे 'शिवांश'

पिता

पिता सुरक्षा है,
विश्वास है, बल है,
प्यासे से कण्ठ को,
नीर भरी गागर है....।
पिता मौन संघर्ष,
सपनों का पालनहार है,
पिता निस्वार्थ प्रेम का
एक विशाल सागर है....।

पिता रक्षा का वचन,
सुरक्षा की छांव है....।
पिता कठिन राहों पर
निश्चिन्तता का भाव है..।

है दोनों ही अनमोल धरा पर,
ईश्वर का अमूल्य उपहार,
जो माँ बिन यदि संसार नहीं,
तो बिन पिता नहीं परिवार....।।

विद्यावाचस्पति देशपाल राघव 'वाचाल'

पिता है तख्ती, पिता कायदा
पिता कलम है, पिता दवात
पिता है कुदरत की सौगात

काठ का घोड़ा पिता खिलौना
पिता खाट और पिता बिछौना
पिता ही चूल्हा, पिता भगौना

पिता रास्ता, पिता गली है
पिता मुहल्ला, पिता ही गाँव
पिता सुगंधित ठण्डी छाँव

पिता खेत, खलिहान पिता है
सुख-सुविधा की खान पिता है
पूरे घर की जान पिता है

पिता है आँगन, पिता ही घर
पिता द्वार और पिता किवाड़
बिना पिता सब सून-उजाड़

पिता

पिता अन्न-जल-हवा पिता
तक़लीफ़ों की दवा पिता
पिता पिता संग सखा पिता

जयशंकर पाण्डेय

हमेशा फूल ही उगता है उनके दिल के बागों में
सभी के लिए फूलों को लुटाते हुए चलते हैं
कांटे बोये बहुत से लोगों ने उनकी राहों में
वो कुछ नहीं कहते कांटों को बचाकर चलते हैं
कुछ लोग समझ बैठे उनकी शालीनता को कमजोरी
ये संस्कार ही तो है जो लोगों को सन्देश देते हैं
झूठी शानों में पड़कर अभिमान नहीं करते
मगर मस्तक पर स्वाभिमान का तिलक लगाकर चलते हैं
जो कर्तव्यरूपी धर्म को समझता है
वो उसी को प्रभु का सच्चा भक्त समझते हैं
अक्सर उनके मुख से प्रशंसा उन्हीं के लिए निकलती है
जिनके जीवन के कर्तव्यों में परहित के भाव झलकते हैं
शील, क्षमा, दया और स्वाभिमान अब दिखलाता कौन है।
कुछ ही लोग तो हैं जो संस्कारों को संजोकर चलते हैं।।
वैसे कहने को तो बहुत हैं रामजी के भक्त यहाँ।
पर उनके आदर्शों पर चलने वाले कुछ ही लोग होते हैं।।
वो सबकी सलाहों को बड़े ध्यान से सुनते हैं।
क्योंकि वो सबको सकारात्मकता में पिरोकर चलते हैं।।
मैंने पूछा, पिताजी दुनियाँ में कौन किसका सगा है।
वो बोले बेटा यही सोच तो लोगों को आज तनहा करती है।।

पिता

वो बोले बेटा राह-ए-जिंदगी इस दुनियाँ में तू पुष्पित होकर चला चल।

वसुधैव कुटुम्बकमू की भावनाओं में पराये कहाँ होते हैं।।

कद्र करना चाहिए लोगों के दिलों की भावनाओं की।

मगर कुछ लोग ही दिल की बातों को दिल से समझते हैं।।

शंकर तू क्या सोचता है दुनियाँ के इस रंग-मंच पर।

आदर्श मार्गों पर केवल समदर्शी ही चल सकते हैं।।

लगा न सका कोई उनके शख़्शियत का अंदाजा

वो आसमा हैं पर अदब से सर झुका के चलते हैं।।

अनिल श्रीवास्तव 'अनिल अयान'
हाइकू

१

पिता तुम हो
आत्मविश्वास मेरा
एक सवेरा

२

पिता की डांट
भय का अनुबंध
लिखा निबंध।

३

भिन्न से मत
है मतैक्य की जड़
ना पतझड़।

४

अनुशासन
परिभाषा तुम्हारी
यही चिन्हारी।

५

पिता

मुखिया बन
पालनहार तुम
चिंताएं गुम

६

बेटों का होता
जनरेशन गैप
माइंड मैप

७

बेटी के लिए
तुम पहला प्यार
खुशी की धार।

८

नहीं पटती
अपनी कभी नहीं
हैं दोनों सही।

९

रक्षा कवच
हो जैसे नारियल
अटूट तुम

१०

परम पिता
सीखा सिर्फ जीतना
नायक बना

विक्रम कुमार

घर-द्वार की सुंदरता की शान है पिता
संसार में हस्ती बड़ी महान है पिता
क्या कर दूं बच्चों के लिए सोचता हर पल
संघर्षरत कि बच्चों का भविष्य हो उज्ज्वल
वो स्तम्भ है नातों का सभी रिश्तों का हमदम
बच्चों की सफलता के सपने देखता हरदम
बच्चों के सभी ख्वाब की उड़ान है पिता
संसार में हस्ती बड़ी महान है पिता
आस की शमाएं वो पिघलने नहीं देता
गलत राह पर बच्चों को चलने नहीं देता
संतान को उदास देख खुद होता है दुखी
मांगता ईश्वर से सदा बच्चे रहें सुखी
बच्चों के लिए खुशियों की दुकान है पिता
संसार में हस्ती बड़ी महान है पिता
आशा की किरण भरोसे की धूप है पिता
पृथ्वी पर उस ईश्वर का ही तो रूप है पिता
बच्चों के लिए जाने क्या – क्या दर्द उठाता
बच्चों के सभी सपनों को खुद ही सजाता
खुदा का करम ईश्वर का वरदान है पिता
संसार में हस्ती बड़ी महान है पिता

पिता

बन जाओ गर कुछ तो कभी भी फूलना नहीं
त्याग को उनके कभी भी भूलना नहीं
फर्ज बेटे होने का कर देना तुम अदा
पूजना भले नहीं कद्र करना सदा
पिता सा निरूस्वार्थ कोई दूजा ना है
स्थान तो उनका पूजे जाने का है
पृथ्वी पर जो आया वो भगवान है पिता
संसार में हस्ती बड़ी महान है पिता
संसार में हस्ती बड़ी महान है पिता

सौरभ मिश्रा

नई जान के साथ जन्मीं नई पहचान है पिता
नवजात कली के बनते एक बागवान हैं पिता
खुशियों को गोद में लिए आँखों में गंगा हो जिसके
परिपक्वता से पूर्ण ऐसे एक नादान हैं पिता

नन्ही सी जान को देते अपना नाम हैं पिता
सक्षम उसे बनाने को करते सारे काम हैं पिता
करते शुरुआत फिर सबसे कठिन सफ़र की
हमराह और मंजिल दोनों उसे ही मान हैं पिता

बरक़रार रखने उसकी मुस्कान को देते कई बलिदान हैं पिता
खिलखिलाहट पर उसकी खिलती एक मुस्कान हैं पिता
त्याग कर अपनी निजी ख्वाहिशें उसके प्रति कई सपने संजोये
मानते उसको अपने वजूद का दूरगामी सम्मान हैं पिता

उंगली पकड़कर चलाने से लेकर, सिखाते बनना इंसान हैं पिता
रंग बदलती दुनिया से जूझने को सिखाते धर्म और ईमान हैं पिता
समस्त खुशियाँ लुटाते उसपर, भले रहते खुद परेशान हैं पिता
सारे अभाव खुद झेलकर करते उसके पूरे अरमान हैं पिता

पिता

जीवन को सही दिशा दिखाने के समेटे महा ज्ञान हैं पिता
उसे सही राह में चलते देख करते बहुत अभिमान हैं पिता
बनते उसके कभी कोई चौपाई तो कभी अज़ान हैं पिता
गहराई से समझा जाए तो एक साक्षात भगवान हैं पिता

लाल देवेन्द्र कुमार श्रीवास्तव

सपनों को पूरा करने में,
वह जीवन भर संघर्ष किए,
मेरी उड़ान को दिए हौसला,
भले ही कितने कष्ट सहे।

कभी डाँटते कभी हँसाते,
सच ही सदा समझाते थे
सुयोग्य बनूँ मैं जीवन में,
ऐसी राह बताते थे।

अच्छी शिक्षा व संस्कार,
देने में आगे सदैव रहे,
हर कदम बढ़ाया जो मैंने,
तन मन धन से वह खड़े रहे।

अच्छे पथ पर चलने को,
मुझको सदैव ही सीख दिए,
मुजलिमों के पीर सहन करने को,
मुझे भी सदा ही प्रेरित किए।

पिता

तात पर अपने गर्व मुझे,
इस क़ाबिल मुझे बनाया है,
बुरे दिनों में कैसे जीना है,
मुझको यह बतलाया है।

प्रार्थना प्रभु राम से,
इस कदर लायक बनूँ,
जन्म में अगले भी मैं,
अपने तात का बेटा बनूँ।

ममता सिंह देवा

जिसके दम पर हमने जी भर के मनमानी की
बेहिसाब शैतानी की
जिसने हमें सर पर चढ़ाया
और हमने सर पर चढ़ कर
ये दिखाया कि देखो
हम हैं बेटी
अपने पिता की दुलारी थीं
बेटे से भी प्यारी थीं
उनके पास
हमारी हर गलती की माफ़ी थी
और यही माफ़ी हमें
अपनी गल्तियों का एहसास करने के लिए काफी थी
आज वो नहीं हैं....
कौन कहता है ???
वो हमारी रगों में हैं
दिखाई देते हमें सगों में हैं
जनम दर जनम हम मिलेंगे
ये विश्वास देता हमें राहत है
फिर से बाबू – बाबू कह के पुकारेंगे
यही हमारी चाहत है!!!

पृथ्वीसिंह बैनीवाल बिश्नोई, हिसार

जब तक चलेगी जीवन सांस,
पिता का प्यार और रहे आस।।
पिता सम्बंध अंतर मन का है,
आत्मीय रिश्ता खून-तन का है।।
पिता की डाँट पिता की प्रशंसा,
नाराजगियों भरा है प्यार हमेशा।।
पिता की मिली प्यार भरी दुआ,
उनके मन से नित लगाव हुआ।।
धमकाया-दुलारा नित प्यार मिला,
भावों से भरा नित संस्कार मिला।।
अड़सठ तीर्थों सम रिश्ता बनाया,
पिता ने प्रगति का पंख लगाया।।
डाँटा पर उठाया दुनिया के समक्ष,
पीठ पीछे न कर बुराई कही समक्ष।।
चला चलो राही जांभाणी पथ पर,
तेरा भाव जैसा, वैसा ही रथ पर।।
रख शुद्धता निज स्वभाव में तू,
पिता सुखी रह हर पड़ाव में तू।।
हर जन्म नमन निज पिता को,
'पृथ्वीसिंह' नमन सृष्टि सत्ता को।।

शोभा रानी गोयल

बरगद की गहरी छांव जैसे मेरे पिता
जिंदगी की धूप में घना साया जैसे मेरे पिता
यदि ईश्वर है जर्मीं पर
तो धरा पर ईश्वर का रूप हैं मेरे पिता
शीतल पवन के झरने जैसे मेरे पिता
चुभती धूप में सहलाते मेरे पिता
बच्चो संग मित्र बनकर खेल खेलते मेरे पिता
उनको उपहार दिलाकर खुशी देते मेरे पिता
बच्चो यूँ ही मुस्कुराओ की दुआ देते मेरे पिता
संकट में पतवार बन खड़े होते मेरे पिता
आश्रय स्थल जैसे हैं मेरे पिता
बूंद बूंद सबको समेटते मेरे पिता
कभी महसूस हुआ की अँधेरा ही मुक्कदर है
देकर हौंसला कहते मेरे पिता
तुमको किसका डर है
गमों की भीड़ में हँसना सिखाते मेरे पिता
अपने दम पर तुफानो से लड़ना
किसी के आगे तुम नहीं झुकना
ये सिखलाते मेरे पिता
परिवार की हिम्मत और विश्वास हैं
उम्मीद और आस की पहचान हैं मेरे पिता

पिता

भावना सिंह 'भावनार्जुन'

निष्कपट व्यवहार –
निर्मल निश्छल प्यार,
जैसे कोई अभेद सी दीवार –
जो है सम्पूर्ण सुरक्षा का सार।।

तपती गर्मियों को –
बगैर पंखे के गुजारते देखा,
पूरी शिद्दत से हम बच्चों के लिये –
जीवन के साधन जुटाते देखा।।

न जाने कितना अपने कांधों –
पर उठाते देखा,
हर बार हमने आपको अपना –
सर्वस्व लुटाते देखा।।

शब्द कहां से लाऊँ –
भावनाओं को व्यक्त कैसे कर पाऊँ,
'पापा' सीमाओं के पार तक –
मेहनत का पसीना बहाते देखा।।

अपनी परवाह किये बगैर –
बस काम में जुटे देखा,
गलतियां क्यों निकालें –
मोर्चे पर आपको बस डटे देखा।।

साइकिल के पहिये मार-मार –
सड़को को नापते देखा,
फटी हुई उन चादरों से –
इज्जत को ढांपते देखा।।

समस्यायें तो बे-हिसाब थीं पर –
आपको हारते कभी नहीं देखा,
एक समर्पित भाव से आपको –
खुद को मिटाते देखा।।

हाँ पापा हमने आपको –
अपना सर्वस्व लुटाते देखा,
हर वक्त बस जीवन का –
सामान जुटाते देखा।।

आपके दोनों कांधों पर –
अपने भाई संग बैठ,
भीड़ में सबसे ऊपर उठ –
राम की बारात को जाते देखा।।

रोज सुबह नहा-धोकर –
आपकी पालथी में बैठ कर –
हृदय में भक्ति को बोना सीखा –

हाँ पापा आपसे हमने –
जीवन को जीना सीखा।।

कर्तव्यों के निर्वाहन में –
आपमें राम को जागृत होते देखा,
आने की महज आहट में ही –
अनुशासन को सजते देखा।।

बेफिक्री से समस्याओं को थामते देखा–
हालात कैसे भी हों हमने,
वनवास में राम की तरह –
आपको शिद्दत से मुस्कुराते देखा।।

गलतियां मर्यादापुरुषोत्तम से हो गई–
दाग तो चाँद में भी नजर आ जाता है,
सम्पूर्ण सिर्फ परमात्मा होता है –
मेरे लिये सोलह कला सम्पन
हमारे पिता हैं आप।।

सब सुख सब आनन्द मिले –
खुशियां मिलें अपार,
रघुनाथ जी महाराज करें–
हम सबका बेड़ा पार।।

अगर आँसू कभी आँखों में –
छलकें जो आपके,
तो सुख के हों, खुशियों के हों –
गर्व के हों, उत्सव के हों –

सब मनोकामनायें पूर्ती के हों –
सुख –समृद्धि –ऐश्वर्य –वैभव के हों,
मान-सम्मान की अमृतमयी वर्षा के हों,
परमात्मा को शुक्राना अदा करने के हों।।

मैं मूर्ख कभी झगड़ती हूँ आपसे –
लेकिन सच तो ये है कि –
आपसे अच्छे दूसरे पापा –
हो ही नहीं सकते।।

आपके भीतर जागृत राम –
आपके व्यक्तित्व में झलकते हैं,
आपकी सन्तुलित दिनचर्या के –
हर कर्म में महकते हैं।।

आपके आशीष में –
परमात्मिक तासीर है,
आपकी जिन्दगी साक्षात –
एक नजीर है।।

आपके हाथ –
सुरक्षा का क्षत्र हैं,
स्वंय परमात्मा द्वारा लिखा हुआ–
जैसे सुगन्धित कोई पत्र हैं।।

शायद पिछले जन्मों का ये –
कोई पुण्य प्रताप है,

पिता

कि आपके जैसे पिता का मेरे –
सिर पर रक्खा हाथ है।।

खींच कर गड्ढों से जिन्दगी को –
आसमां पर सजाते देखा,
हराकर मुश्किलों को –
चमत्कार सा झिलमिलाते देखा।।

सुगमता से चले जीवन –
अब न कोई व्यवधान मिले,
आये कोई समस्या अगर तो –
तुरंत उसका समाधान मिले।।

आप सूर्य हम किरणें हैं आपकी –
आप वृक्ष हम शाखा हैं आपकी,
मेरे हर विचार में थाप है आपकी –
मेरे व्यक्तित्व में निखरती सी आभा है आपकी।।

बस एक प्रार्थना प्रभु से है इतनी –
कृपा बरसाता रहे हम पर अपनी,
हमें मिलता सदा आपका साथ रहे –
मेरे सिर पर बना आपका हाथ रहे।।

आप सूर्य हम किरणें हैं आपकी –
आप वृक्ष हम शाखा हैं आपकी।।

हाँ पापा हमने आपको –
अपना सर्वस्व लुटाते देखा,

हर वक्त बस जीवन का –
सामान जुटाते देखा।।

गलतियां तो मर्यादापुरुषोत्तम से हो गईं-
दाग तो चाँद में भी नजर आ जाता है,
सम्पूर्ण सिर्फ परमात्मा होता है –
मेरे लिये सोलह कला सम्पन्न हमारे पिता हैं आप।।

वेद प्रकाश वेदी

एक सरल हृदय अध्यापक,
नित संयमी और सदाचार,
नैतिकता के आख्यापक,
कर्तव्यनिष्ठ, अनुशासन प्रिय
पूज्य पिता जी ऐसे हैं
कच्ची मिट्टी को दे आकार
नव सृजन करे जो कुम्भकार
उस कुम्भकार जैसे हैं।
ज्ञान की ज्योति जलाए जो
जीवन का तिमिर हटाए जो
देते छाया, घनघोर घटा बन
आशीष, स्नेह बरसाए जो
गुरू की पदवी मिली क्षेत्र में
श्रद्धा गुरुदक्षिणा में पाए जो।
बचपन की यादों में जाकर
उन यादों की दौलत पाकर
मुझको इतनी सुख शान्ति मिले
जीवन महके, बचपन चहके
प्रातः बेला नव कमल खिले।
बस्ती से बाहर रास्ते में

संन्ध्या में बच्चों के मेले
रास्ते में क्रीड़ा हम खेलें
स्कूल से पिता जी घर आएं
साइकिल की घंटी बज जाए
घंटी की ध्वनि पहचानते थे
आने वाले हैं जानते थे
हम दौड़ के उनके पास चलें
साइकिल से तब वो उतर पड़ें
हम सब भाई उछल पड़ें
कोई गद्दी कोई पैडल पर
साइकिल पर हम सब चढ़ चलें
पिता जी साइकिल ढगराते
हम सबको लेकर घर चलें।
क्या लाएं हैं हम सब बोलें
उनके कुर्ते की जेब टटोलें,
आतुरता वश थैला खोलें।
मूंगफली, गट्टा मिलता
खुशियों से चेहरा खिलता,
अनुज हमारा तब बांटे
कभी कभी सहता घाटे।
पिता जी बिस्तर पर बैठे
बिस्तर पर हम सब हैं लेटे
थके पैर हैं थका बदन
खुरदुरी हथेली से ऐंठें
वो स्नेह भरा स्पर्श महा
वो जन्नत सा सुखचैन कहाँ।
स्नेहिल बातें स्नेहिल रातें
थी अनुशासन की भी बातें

माँ करें शिकायत जब उनसे
गहरा अन्वेषण हो हमसे
जब पूज्य पिता की डांट पड़े
तब बालमन यह कांप पड़े
कभी कभी चांटे बरसे
हम घंटों रोएं डर डर के
आंखों से आंसू भी बरसें
तब माँ की ममता भी तरसे
गोद में भर आंसू पोंछे
कहती हूँ मत बदमाशी कर
ठीक से रह थोड़ा तो डर।
इस कारण ऐसी राह चला
परिपूर्ण हुए जो चाह पला
सब दुर्गुण से हम दूर रहे
अच्छाइयों से भरपूर रहे।
पूज्य पिता सफल निकले
उनके बच्चे निश्चल निकले
वो शान्ति मूर्ति पावन इतने
जीवन झंझावात सहे कितने
त्यागी योगी का जीवन है
उनकी छाया तो पावन है
जो हम हैं उनके ही हैं
उनके आगे तिनके ही हैं
हम उनके मन के ही हैं।
जब तक अग्नि वायु रहे
पूज्य पिता दीर्घायु रहें
पूज्य पिता दीर्घायु रहें।

डॉ. सोना सिंह

गंदे को धोना, फाटे को सीना
ये कहावत कहते कहते,
दो जोड़ी कपड़ों में
महीनों तक घूमना,
मुझे भी रास आने लगा है।
खाते में कितने रूपए हैं?
पासबुक में एंट्री कराना,
मेरे अकाउंट से ज्यादा रूपए मत निकालना,
बार-बार बैलेंस देखना
मुझे भी रास आने लगा है।
मूंगफली के तेल से,
डीजल के दाम तक,
बलूचिस्तान से अफगानिस्तान तक
विदेशों पर बातें करना भाने लगा है।
आर्थिक मुद्दों पर बात करना।
मुझे भी आने लगा है।
रूपए के मूल्य की चिंता करना,
पड़ोसी की बुराई करना
गासिप करने में टाईम लगाना,
ऐसी बातों में भी मजा आने लगा है।

पिता

पुश्तैनी जमीन ज़ायदाद का हिसाब लगाना,
घर की छोटी मरम्मत कराना,
दिनभर एक मजदूर को उलझाए रखना।
मुझे भाने लगा है।
चक्की पर बैठकर उसकी कमाई को गिनना,
सब्जी के ठेले वाले से
फालतू बतियाना,
किराने की दुकान पर
समय बिताना मुझे रास आने लगा है।
घरवालों को लगने लगी है
मेरी आदतें पापा जैसी
और मुझे भी लग रहा है कि
मैं पापा हो रही हूं धीरे-धीरे
ऐसे ही लगता होगा किसी को
खुद का पापा हो जाना।

डॉ. पूर्णिमा मंडलोई

प्यार बहुत करता है
पर कभी जता नहीं पाता
वह पिता है।

बच्चों की बातों को
बिना बोले समझ जाता है
उनकी हर बात की फिक्र करता है
वह पिता है।

बच्चों को कोई तकलीफ ना हो
दिन-रात यही सोचता है
सब साधन जुटाने में लगा रहता है
वह पिता है।

बच्चों को परेशान देख नहीं पाता
मन ही मन में दुखी होता है
पर कभी आंसू नहीं बहा पाता
वह पिता है।

पिता

बच्चों को डांटता है
मगर उसमें प्यार छुपा होता है
मधुर बोल नहीं पाता
वह पिता है।

बच्चों के साथ खेल खेल में
हमेशा वह हार जाता है
इस हार को अपनी जीत समझता है
वह पिता है।

बच्चों के शौक पूरे करते हुए
सदा खुश होता है
अपने शौक कभी पूरे नहीं करता
वह पिता है।

प्यार बहुत करता है
पर कभी जता नहीं पाता
वह पिता है।

तृप्ति तोमर 'तृष्णा'

पिता है जैसे सिर पर सुरक्षा आवरण।
अपनी सारी ख्वाहिश का करता समर्पण।।
हमें परिस्थितियों के अनुकूल देता शिक्षण।
है अंधेरों से घिरे रास्तों पर उम्मीद की किरण।।

परेशानी के दौर में देता सुखद एहसास।
बीज से पौधे की तरह करता परवरिश।।
हमारी गलतियों को सुधार जीत का कलश।
नहीं है तो सदा रहती जीवन में कश्मकश।।

मुश्किलों से भरे रास्तों पर ढाल बनता।
अच्छे बुरे की समय समय प्रेरणा देता।।
संकट से उभरने के लिए सशक्त बनाता।
अंधेरी रातों में मशाल रोशन करता।।

नारियल सा कठोर, जटिल व्यक्तित्व जिनका।
नीम से कड़वा स्वाद, शहद से मीठा व्यवहार।।
बिमारी के समय में दवाई का प्रतिरूप जिनका।
शख्सियत का होना जैसे डूबते को सहारा तिनके का।।

पिता

माता-पिता है तो मानो मिल गई सारी दुनिया।
इस दुनिया में पूरा संसार है समाया।।
हमें धरती पर मिली है ईश्वर की प्रतिछाया।
इनके पलकों तले खूबसूरत आशियाना सजाया।।

अजय जैन 'विकल्प'

पिता महान होते हैं,

क्योंकि वो सच में ही इंसान होते हैं...।

सारा दुख-दर्द सहते हैं,

पर सबके भले की खातिर चुप रहते हैं...।

दबे होते हैं अनेक बोझ तले,

पर,

सुख की खोज में बखूबी हर दायित्व निभाते हैं...।

मैं भी बच्चा था,

तो सीखा सब उनसे ही ऊँगली पकड़ के...

सचमुच पिता ही सबसे बेहतर जीवन सिखाते हैं...।

हमें चाहिए कि करें नमन

पिता का, क्योंकि

ये ही घर के होकर,

हमें जिंदगी का मुखिया बनाते हैं...।

जब होती है संतान जरा-सी सफल,

तो पिता का छोटा-सा सीना भी...

हो जाता है खुशी से विराट,

तंगी में भी ये सदैव कुबेर-सा मुस्कुराते हैं...।

तकलीफ में उनके सिवा,

पिता

कौन दिखता है बेटे-बेटी को..
न होने पर भी,
'सब अच्छा होगा' का हौंसला मन में जगाते हैं...

श्री एन.एल.एम. त्रिपाठी 'पीताम्बर'

सपनों कि चाहत अरमानो का
मैं दुनिया में
उनके भाग्य भगवान् हैं
पिता भगवान हमारे
मैं उनकी संतान।।
मैंने रखा पहला कदम
जब धरती पर
बजे ढ़ोल मृदंग थाल
उनके जीवन की
खुशियों की मैं
मूल्यवान् सौगात।।
बड़े शान से दुनिया को
बतलाया मेरे
कुल का दीपक चिराग
कुल की मर्यादा महिमा
का वर्तमान
मेरे सदकर्मों का
परिणाम लाडला
मेरी संतान
मेरी उम्मीदों की दुनिया

का प्रज्चालित
मशाल मेरी संतान।।
शक्ति क्षमता
प्यार की परवरिस
से दूंगा शिक्षा संस्कृत संसकार
लालन पालन संकल्पों का
यज्ञ हमारा
अपने खून पसीने की
दूंगा आहुति
मेरे मकसद मंज़िल
का अभिमान मेरी संतान
मैं पिता बागवान
जब से मैं दुनिया में आया
बेटा मैं आदर्श पिता
हमारे हर सुबह शाम
अपनी किस्मत
पर होते निहाल।।
उनकी चौड़ी छाती
आँखों का वर्तमान
भविष्य की थाती
और आशाओं
का अभिमान
अपने कंधे बैठते
गाँव नगर मोहल्ला
की चौराहों गलियों में
यही तो है मेरी दुनिया
भर की दौलत दुनिया
और जहाँ ये मेरी

फुलवारी की खुशबू
इसके होने से मेरा घर आँगन
गुलशन गुलज़ार।।
मेरे पैरों में पैजनियाँ
हाथों में कड़ा देवो का
आशीर्वाद जहाँ भी मिल जाता
अवसर मैं रहूं सलामत
की मांगते दुआएं आशीर्वाद
पिता हमारे मैं उनके
भाव भावना का प्रवाह
उनकी संतान।।
ज्योतिषियों पंडित
मेरे वर्तमान भविष्य का
करते ज्ञान
मैं उनका राजदुलारा
आँखों का तारा
वो पिता हमारे
मैं उनका सूरज चाँद

लता शर्मा 'सखी'

सर पर मेरे साया सा जिसका हाथ है,
हाँ मेरे पापा वो बस आप ही आप हो,

मैं चलती हूँ जब भी अंधेरी किसी राह से,
मेरे दिल में हौसला बनते पापा आप हो।

हूँ अकेली आपके बिन सदा में ये दिल कहे,
मेरी तन्हाइयों में पास आ बैठे वो आप हो।

जब भी फंसती हूँ सही गलत के मझधार में,
मुझे किनारे दिखलाये जो वो आप हो।

आपके आदर्श मुझे जीने की शक्ति देते हैं,
मुझमें जो कुछ भी सही है वो आप हो।

बांटती हूँ मैं प्यार सारे जहां को आपसे लेकर,
प्रेरणा जहां से मिलती है वो भी आप हो।

मैं बेटी हूँ आप मेरे सबसे प्यारे पापा,
मेरी जिंदगी में खुशियों का आधार आप हो...

आपने ही तो की हैं मेरी सदा जरूरत पूरी,
मेरे लिए तो मेरी बैंक भी सदा से आप हो..

मेरे चेहरे पर जो खिलखिलाती हंसी रहती है,
उसके पीछे छुपी आंसुओं की धार आप हो..

आप ही ने तो मुझे सुरक्षा दी है सदा,
मेरे लिए तो मेरा सुरक्षा गार्ड भी आप हो...

आप नहीं होकर भी सदा मेरे साथ हो,
मेरी हिम्मत मेरा गर्व मेरी ताकत सब आप हो।

अमर अद्वितीय (मथुरा)

सूत्रधार परिवार पिता

बचपन के संसार पिता,
बच्चों के अधिकार पिता।

अडिग देहरी, खंभे से,
घर के पहरेदार पिता।

सभी सहोदर दीवारें,
छत जैसे साकार पिता।

सपने नभ-चुम्बी जितने,
दें सम्भव आकार पिता।

हाथ रिक्त, पर बच्चों के,
खर्चे को तैयार पिता।

आँसू, कहें खुशी के हैं,
गए कई सुख हार पिता।

अलगथलग सब डोर बिना,
सूत्रधार-परिवार पिता।

करुण, ममत्व भाव माँ दे,
सिखलायें संस्कार पिता।

गृहिणी का सिंदूर प्रथम,
अरु अंतिम सिंगार पिता।

हुआ सफल इतिहास कहे,
ग्रहण किया जो सार पिता।

धन्य, हाथ जिनके सरपर,
माँ काशी, हरिद्वार पिता।

अभय परमहंस, लखनऊ

मोबाईल – 9044031716

पिता वो हैं जो जाड़े में, काँप नहीं लगने देते,

प्रभु से लड़ जाते हैं पर शाप नहीं लगने देते।

ये सच है कि माँ के आँचल में ज़न्नत होती है,

पर पिता उस ज़न्नत को ताप नहीं लगने देते।

अपने तन की चिंता नहीं, हमको खूब सजाएं,

सिर्फ हमारी चिंता करते दुःख ना लगने देते।

दूध-मलाई पौष्टिक भोजन हमको खूब खिलाते,

खुद खाते हैं रूखी-सूखी पर पता न लगने देते।

वैसे तो दिखते गुस्से में पर अंदर प्यार भरा है,

हम बिगड़ें ना यही सोचके अमल ना लगने देते।

हमें जरा भी दुःख पहुँचे तो परेशान हो जाते,

अपना दुःख वे पी जाते हैं भनक ना लगने देते।

कहाँ-कहाँ वे हाथ पसारें किससे-किससे कहते,

देते वे औकात से ज्यादा, चिंता ना लगने देते।

उनकी एक यही चाहत, पीछे ना रह जायें हम,

जो मांगें हम ले आते वे कसक ना लगने देते।

गर हमारी कोई हसरत पूरी ना कर पाएं,

अंदर-अंदर दुखी हैं रहते, पता ना लगने देते।

हमें अगर कुछ देना हो तो मैया से भी न पूछें,

मैया के ताने सुनते पर भनक ना लगने देते।

इस दुनियां में बाप से बढ़के नेमत कोई नहीं,

जीते सिर्फ हमारी खातिर, संताप ना लगने देते।